LA MAISON
DE CAMPAGNE A LA MODE,
OU
LA COMÉDIE D'APRÈS NATURE,

COMÉDIE,

EN DEUX ACTES, EN PROSE,

COMPOSÉE EN 1777,

PAR M. WATELET.

A PARIS,
Chez PRAULT, IMPRIMEUR DU ROI,
quai des Augustins, à l'Immortalité.

M. DCC. LXXXIV.

NOTE.

POUR LA COMÉDIE INTITULÉE

LA MAISON DE CAMPAGNE A LA MODE.

LA première Scène de cette Comédie expoſe ce qui a donné lieu à ce petit Ouvrage de ſociété.

Une Maiſon de campagne, qui n'a de remarquable que ſa ſituation (véritablement pittoreſque & agréable), attira pendant quelque temps un concours trop nombreux de Curieux de la Capitale. J'entrepris de tracer pour des amis, quelquefois fatigués de cette diſtinction, un tableau comique de quelques caractères qui ont pu ſe rencontrer & ſe faire connoître par la manière de voir, de sentir & de s'exprimer. On doit penser qu'en supposant qu'il existe de semblables ridicules, ils sont exagérés dans une Comédie qui tient du burlesque & du genre qu'on nomme *épisodique*, où la caricature est admise.

Ce que j'ai eu pour but, relativement à l'art, s'il m'est permis de parler si sérieusement à l'occasion d'une bagatelle, c'est de mêler quelque intérêt à une pièce composée de Scènes à tiroir; & de suivre fort exactement la loi des unités. Au reste, je sçai que le Public a le droit & l'usage d'être très-sévère sur les amusemens particuliers; & je pense bien qu'il mettra ce badinage à sa juste valeur; mais il pourroit aussi ne pas dédaigner quelques traits qui peut-être le feront sourire en lui rappellant des exaltations de ſentimens factices & des exagérations de termes qu'il ſeroit utile qu'on ridiculisât de nos jours avec autant de talent & de ſuccès que Molière ridiculiſa dans ſon temps le précieux & le faux ſavoir.

ACTEURS.

PYRANTE.

DORIVAL, père.

LE PÈRE de Lucinde.

ORPHISE, mère de Lucinde.

LUCINDE.

DORIVAL, fils, Amant de Lucinde.

LE MARQUIS.

PRASITÈLE, Artiste.

DUMONT.

LE COMTE DAMIS.

M. COMPASSÉ.

M. APATHE.

NICOLAS, Meûnier.

UN POSTILLON.

UN COUREUR.

*(La Scène est à ***.)*

LA MAISON
DE CAMPAGNE A LA MODE;
COMÉDIE.

ACTE PREMIER.

(La Scène est dans le jardin d'une Maison de campagne, dont on apperçoit la cour, l'avenue & les entours.)

SCENE PREMIERE.

PYRANTE *tourné vers une voiture qui part.*

ADIEU donc, mes amis ; à ce soir. Revenez, de grace ; sinon demain, dès le matin, je vais vous rejoindre à Paris.

On entend plusieurs voix qui disent ensemble :

A ce soir ; adieu, adieu.

SCENE II.

PYRANTE, *seul.*

LES voilà partis ! j'arrive : ils s'en vont. Ils sont, disent-ils, importunés, excédés. Ils veulent que je le sois sans doute pour me punir de les avoir quittés. Subissons l'arrêt, mais tirons parti de la circonstance : il est difficile que dans cette affluence de monde dont ils se plaignent, il ne s'offre pas des ridicules, des scènes, peut-être même quelque petite aventure, & il ne faut que cela pour une Comédie. Tâchons de nous mettre au fait. Voici précisément le Concierge.... Monsieur Dumont, M. Dumont. (*à part.*) Il ne rend pas trop mal ce qu'il voit & ce qu'il fait. (*haut.*) Faisons-le parler. J'en ferai peut-être un de mes personnages.

SCENE III.

PYRANTE, M. DUMONT.

DUMONT.

M. PYRANTE, je viens prendre vos ordres ; car vous voici le maître de la maison.

PYRANTE.

Je ne reviens pas de ma ſurpriſe. A l'inſtant que j'arrive pour paſſer quelques jours avec mes amis, les voilà qui déſertent. Ils exigent que je reſte ici & m'y laiſſent ſeul.

DUMONT.

Ah ! vous ne le ſerez pas long-temps. (*Dumont regarde du côté du chemin.*) Attendez..... Il me ſemble que je vois déjà du monde ſur la route. Bientôt, bientôt vous aurez plus de compagnie que vous ne voudrez.

PYRANTE.

Mais enfin ne pas ſe donner le temps de me dire ce qui a cauſé cette fantaiſie du Public qui les chaſſe de leur maiſon ?....

DUMONT.

Vraiment, s'ils avoient attendu une demi-heure, ils ſe ſeroient trouvés dans la bagarre : car voici l'heure de la promenade. Mais je vais vous dire, moi, ce que vous voulez ſavoir. Le haſard a conduit dans ce voiſinage ceux dont l'exemple a tant de pouvoir ſur les eſprits, ſur-tout quand les cœurs ſont de moitié.

PYRANTE.

La Cour ?

DUMONT.

Précisément. Elle a fait une promenade dans ce canton. On a parlé de la situation de la campagne de nos maîtres : on a desiré de la voir. Cela est tout simple, & à dire le vrai, on a mis dans cette curiosité ce qui pouvoit la rendre moins embarrassante, une bonté extrême, on peut même dire tant de grace & d'affabilité, qu'à juger par leur effet sur nous, elle doit s'attacher tous les cœurs.

PYRANTE.

Je ne vois rien de fâcheux à cela.

DUMONT.

Attendez. Le lendemain au lever, ou au dîner, ou au cercle, on a fait quelques éloges de cette situation, & tout à l'instant, comme dans le Conte d'un certain Tarare, on a (dit-on) répété de chambre en chambre, puis à la ville, puis au fauxbourg : avez-vous vu... ? avez-vous été là ? connoissez-vous cette maison ? Mais..... c'est délicieux, c'est admirable ! il faut voir ça, & vîte des carrosses, des calèches, des chaises, des cabriolets ; & puis l'inondation, & puis le déluge des curieux, des désœuvrés, des gens de goût, des Amateurs..... Ah ! M. Pyrante, vous qui faites des Comédies, que n'étiez-vous ici ?—tenez. J'entends claquer un fouet, bon ; voilà déjà un petit Postillon, gros comme le poing, qui arrive tout essoufflé, sur un grand cheval..... il descend..... Ah ! ah ! c'est une lettre. Allons, faites le rôle de Maître de la maison.

SCENE IV.

UN POSTILLON, ET LES ACTEURS PRÉCÉDENS.

LE POSTILLON.

MONSIEUR, de la part de M. Damis.

PYRANTE, *prend le billet, & l'éloigne après l'avoir senti.*

Comme ce billet sent l'ambre !.... Ouh !.... (*à part.*) décachetons, puisque je représente les Maîtres. (*il lit.*) » La fortune que font à la Cour, » Monsieur, les charmes du délicieux séjour que » vous habitez, autorise le désir extrême qu'on a » d'être admis dans ce nouvel Eden, dans ce lieu

» de voluptés. J'y conduirai, ſi vous le permettez,
» une compagnie digne de l'habiter : des ames
» ſenſibles, des ſens délicats, des yeux éclairés,
» le goût, les graces, & pour tout dire en peu
» de mots, le Baron d'Alins, le Chevalier Florin-
» dor, la Comteſſe Armédon, & tout au plus
» une douzaine d'amis intimes; car nous ne vou-
» lons point être indiſcrets. Hâtez, Monſieur, par
» votre conſentement, le plaiſir que nous nous
» promettons à jouir de ce lieu ſi charmant, qui
» fait tourner la tête à tout le monde. «

DAMIS.

PYRANTE *en riant, au Poſtillon.*

Dites à M. Damis qu'il peut venir dès aujourd'hui, s'il le veut.

(*Le Poſtillon ſort.*)

DUMONT.

Eh bien! vous voyez, vous liſez..... délicieux, ſenſible, grace, charmant.... Ah! c'eſt ce mot là ſur-tout, dont je dois me ſouvenir: ſi j'avois autant d'écus, M. Pyrante, qu'il a été dit de fois, depuis que l'épidémie règne ici, que je ſerois riche! lorſque je rôde autour de ces eſſaims, qui ſe répandent de tous côtés, je n'entends que ce mot; mais, à la vérité, ſur des tons très-variés : c'eſt comme ces chanſons que fredonne notre Maîtreſſe, dans leſquelles on dit la même choſe de cent façons différentes.

PYRANTE.

Et comment diſent-ils donc, mon cher M. Dumont ?

DUMONT *contrefait tous ceux qu'il met en ſcène, en chargeant, & imitant leur ton & leur air.*

Tenez, là c'eſt une petite voix grêle, qui ſort d'une petite bouche, placée au-deſſous d'une grande coîffure qui ne finit pas, & cette petite voix dit en ſoupirant, du ton de quelqu'un qui expire : » Ah!.... cela eſt charmant.... charmant. « Plus loin, c'eſt un gros homme tout rond, qui crève de ſanté & de graiſſe, & qui du ton dont il gronde ſes gens, dit en haletant, » c'eſt..... c'eſt délicieux..... charmant.... » charmant!.... délicieux ! « Dans une autre allée un jeune Militaire qui ſe fait gloire d'être délicat, parce qu'il eſt uſé, ſe récrie à ſon tour; » mais en vérité; mais cela n'eſt-il pas charmant ? Meſdames ; arrêtez-vous donc, Meſdames, & jouiſſons..... « Oui, charmant, lui répond-on, en courant de plus belle.

PYRANTE.

Fort bien, M. Dumont, encore quelques mots de ceux que vous avez retenus.

DUMONT.

Ma foi, j'en entends aſſez; mais il n'en reſte rien. C'eſt une eſpèce de jargon..... » Quelle » volupté ! quel délice ! « diſoit hier un jeune Abbé friſé, poudré, manteau de ſoïe, calotte luiſante, en étendant de petites mains potelées; c'étoit à une groſſe Baronne, au tein brun, au ſourcil noir, avec un pied de rouge. » Comme » tout reſpire ici le ſentiment, Baronne, c'eſt » un Roman, c'eſt un Roman. « Oui, diſoit la Baronne à ſon tour, » mon Abbé, une Féerie, » un enchantement, un Roman, & vous ſavez » ſi je les aime, les Romans !.... à la folie!... » ſur-tout la fin ; car, a vous parler vrai, les » commencemens ſont longs à mourir.—» Eh » bien ! aimable Baronne, il faut les abréger, les » commencer par la fin : que c'eſt une manière » charmante ! on devine, on ſuppoſe tout ce qui » a dû précéder.—» Oh ! vous êtes fort extraor» dinaire, an moins, l'Abbé, fort extraordinaire; » mais vous êtes charmant.... « Or vous remarquerez qu'il n'étoit plus queſtion de jardin; mais le cher mot revenoit toujours, & puis des rires qui ne finissoient pas..... Ah! bon, voici du nouveau. Un Coureur tout galonné, tout en sueur, tout essoufflé, qui arrive comme un tourbillon.

SCENE V.

LE COUREUR, ET LES ACTEURS PRÉCÉDENS.

LE COUREUR.

MYLORD Falmouth a appris qu'il y a ici un jardin de son pays; il vient pour voir si cela est vrai.

PYRANTE, *en riant.*

Un jardin anglois!.... dites à Mylord qu'il peut venir; mais que le jardin qu'il verra ici, n'est pas plus anglois que ceux à qui il appartient. C'est une singulière manie que celle de donner des noms de nations à des objets de fantaisie, de mode, à des colifichets, belle illustration pour leur histoire!

LE COUREUR.

Oh! il verra bien si on l'a trompé, Mylord; il s'y connoît.

DUMONT.

Eh bien ! M. Pyrante, voilà un échantillon de la pièce.

PYRANTE.

De la pièce ? tu dis plus vrai que tu ne penſes ; car je vais.....

DUMONT.

Ah ! j'apperçois deux ou trois compagnies qui arrivent. Ce ſont des Gens de la Cour, à ce que je crois. Vîte, il faut donner l'œil à ce qu'on ne faſſe point de déſordre. Ce ſont les gens de ces gens-là qui me donnent le plus de peine. On dit qu'ils ſont pareſſeux ; quelle calomnie ! preſque tous aiment mieux faire du mal que de ne rien faire du tout.

PYRANTE.

Allez, M. Dumont ; mais revenez de temps en temps me dire ce que vous aurez vu. Moi, je vais prendre mes tablettes & commencer ma pièce. Quelle fortune ! voilà comme ce qui fait le tourment des uns fait le plaiſir des autres. Mes amis fuyent ce que je cherche. Mais quel eſt ce jeune homme qui s'approche doucement d'ici ? Monſieur Dumont, M. Dumont.... Connoiſſez-vous celui qui vient à moi ?

DUMONT.

DUMONT.

Qui ? ce jeune homme, vêtu ſimplement, qui a dans les yeux & ſur les traits quelque choſe de triſte & d'intéreſſant.

PYRANTE.

Oui ; s'il venoit à me parler, il me ſeroit agréable de ſavoir qui il eſt.

DUMONT.

Il ſe nomme Dorival. Ce n'eſt pas d'aujourd'hui qu'il vient ici. Il étudie (à ce qu'il dit) les plantes, les fleurs. Il aime la ſolitude, la nature ; mais il rêve & ſoupire, & je crois, entre nous, que ſa profeſſion n'eſt pas tant d'être Fleuriſte qu'amoureux. S'il aime la ſolitude, j'ai remarqué que c'eſt ſur-tout lorſqu'il n'y eſt pas abſolument ſeul, & la Nature me ſemble lui plaire, par ce qu'elle a de plus agréable..... Ah ! ne voilà-t-il pas cinq ou ſix grands Laquais qui courent à nos arbres fruitiers ! Vous voyez ſi ma préſence eſt néceſſaire. Tâchez de faire jaſer le jeune Dorival : cela donneroit juſtement un amoureux pour votre pièce, & ſans amoureux, point de Comédie, comme vous ſavez.

PYRANTE.

Il ſuffit, M. Dumont, je profiterai de l'avis.

SCENE VI.

PYRANTE, *seul.*

ASSÉYONS-NOUS, & feignons de ne le pas voir. S'il est amoureux, il parlera tout seul, & j'aurai pour ma pièce un Monologue.

SCENE VII.

PYRANTE, DORIVAL fils.

(*Pyrante écrit à mesure que Dorival parle.*)

DORIVAL, *se croyant seul.*

QUE je suis malheureux! Non, rien n'est si malheureux que moi. J'avois obtenu l'entrée de ce jardin, où Lucinde vient avec sa mère, où je l'ai vue pour la première fois, & où j'ai commencé à l'aimer pour l'aimer toujours. Les Maîtres de la maison sont partis. Ils ont laissé pour les remplacer un homme que je ne connois point, qui ne m'a jamais vu, & qui me refusera peut-être la permission que j'avois..... Je ne verrois plus Lucinde!.... je ne lui parlerois plus?..... Ah! Dieu! mais je crois que voici ce nouveau Maître.....

l'aborderai-je ?.... Il écrit..... je le dérangerai..... Il me recevra mal..... n'importe : il faut en être connu. Amour ! rends-le favorable. Avançons..... Lucinde est ici déjà, j'en suis sûr, avec ce Marquis qui lui fait sa cour..... ce rival, si peu digne d'elle !.... Ah ! que je suis malheureux !.... voilà qu'on me regarde..... Il n'est plus temps de balancer..... il ne faut pas me rendre suspect..... Abordons-le..... parlons-lui.

SCENE VIII.

DORIVAL, PYRANTE.

PYRANTE, *à part.*

EH BIEN ! qu'on dise que les monologues ne sont pas dans la nature !.... Je n'y changerai pas un mot.

DORIVAL, *avec timidité.*

Monsieur.....

PYRANTE, *se levant.*

Que souhaitez-vous de moi ?

DORIVAL, *plus embarrassé.*

Une complaisance dont je vous aurai une obligation infinie. Je ſuis, Monſieur, un jeune homme qu'un goût, ou plutôt une paſſion vive porte à admirer les beautés de la Nature; & à pénétrer, s'il ſe peut, quelques-uns de ſes myſtères.

PYRANTE.

Ce goût eſt louable & l'étude utile; mais encore.....

DORIVAL.

Eh bien! Monſieur, les Maîtres de cette maiſon m'avoient permis de venir dans cette agréable ſolitude, étudier les fleurs. Je m'étois attaché principalement à en obſerver une, qui, preſqu'épanouie, mérite l'attention & l'admiration de tous ceux qui ſont ſenſibles aux perfections de la Nature. Je ne ſais ſi, dans l'abſence des Maîtres, vous m'accorderez les mêmes bontés, & je vous avoue que je ſerois au déſeſpoir d'être obligé de renoncer à des obſervations intéreſſantes & qu'il m'importe infiniment de ſuivre.

PYRANTE.

Je conçois par ce que vous me dites, la vivacité de votre goût, & je vois l'interêt qu'il vous inſpire.... Et comment s'appelle, s'il vous plaît, cette agréable fleur?

DORIVAL.

(*bas.*)

Ah ! je me ſuis trop avancé..... que dirai-je ?.... (*haut en héſitant,*) Monſieur, c'eſt une fleur du genre des roſes.... Il y en a, comme vous ſavez ſans doute, de beaucoup d'eſpèces.

PYRANTE.

Pourriez-vous, Monſieur, me déſigner celle qui vous occupe ſi vivement, ſeulement par ſa couleur ?

DORIVAL.

Elle eſt, Monſieur, blanche comme un lys.... elle a quelques nuances d'incarnat..... elle eſt d'un éclat.... d'une fraîcheur raviſſante.... & elle approche du moment de ſon parfait développement..... moment bien intéreſſant.

PYRANTE.

Et a-t-elle des épines comme celles de ſon eſpèce ?

DORIVAL.

Oui, Monſieur, en grand nombre, & ce n'eſt qu'avec beaucoup de précautions, que je ſuis parvenu à l'obſerver.... à la voir.... à lui parler.....

PYRANTE.

A lui parler, dites-vous ?

DORIVAL.

Ah ! qu'ai-je dit ?

PYRANTE.

Raſſurez-vous, Monſieur ; je vois que votre cœur eſt plus occupé de l'étude que vous faites, que votre eſprit. Achevez de vous confier à moi : votre état me touche ; votre air intéreſſe. Dites-moi votre ſecret. S'il n'eſt pas ſuſceptible du ſecours que je voudrois vous offrir, du moins il eſt en main sûre & diſcrette, & croyez que le ſort d'une charmante fleur ne m'eſt point du tout indifférent.....

DORIVAL, *appercevant Lucinde.*

Ah ! Monſieur, la voici avec ſa mère & mon rival. Jugez-en vous-même.... que je ſuis reconnoiſſant ! Oui, Monſieur, vous m'inſpirez une confiance ſans bornes, & je voudrois avoir encore un inſtant de converſation avec vous.

PYRANTE.

J'y conſens : venez derrière cette paliſſade. (*Dorival veut faire paſſer Pyrante devant lui.*)

Passez, passez. (*à part.*) Voilà ma pièce en bon train. Une intrigue, des ridicules, du sentiment, de la naïveté..... à merveille..... J'ai écrit le monologue..... je n'oublierai pas l'exposition qu'on me va faire..... Que ne puis-je entendre aussi ce que la mère, la fille & le rival vont dire ici ! mais je le supposerai bien quand je connoîtrai les caractères & je ne puis être par-tout.

SCENE IX.

ORPHISE, LUCINLE, LE MARQUIS.

LE MARQUIS *à Lucinde, qui est distraite.*

MAIS.... mais je ne sçai ce que c'est que ce goût de science que vous prenez, Mademoiselle Lucinde : la science est très-respectable, soit ; mais cela ne va point du tout avec une jolie figure comme la vôtre. Il faut que tout soit assorti dans le monde ; c'est l'ensemble & l'à propos (permettez-moi de vous le dire, Mademoiselle,) qui font le vrai mérite, qui font tout : vous avez beau dire ; vous n'avez point les traits d'une savante, & se mêler d'une chose pour laquelle on n'est pas née.... (moi, je vous le dis, par l'intéret particulier que je prends à vous,) il faut renoncer à cela..... (*Lucinde toujours plus distraite regarde les fleurs & les plantes qui sont dans quelques vases.*) Vous regardez. Cherchez-vous quelqu'un ? voulez-vous quelque chose ?

ORPHISE.

Ah ! je sais bien ce qu'elle cherche, M. le Marquis : c'est, sans doute, ce jeune homme qui lui a dit le nom des plantes dont elle nous ennuie, & qui lui en apprend l'histoire. Il fait je ne sai combien de contes sur les fleurs, qui amusent beaucoup Mademoiselle, à ce qu'il m'a paru. Elles sont, dit-il, sensibles, timides : elles veillent, dorment, se marient, que sais-je ? En vérité, ils sont fous, ces gens-là.

LE MARQUIS.

Assurément. Les uns toujours les yeux dans les nuages pour voir des étoiles : les autres courbés à terre pour examiner des herbes ; les autres encore faisant la chasse aux insectes, aux mouches, aux papillons. (*Il rit en se complaisant.*) Et puis ceux qu'on appelle Chymistes, qui se brûlent le sang pour la pierre philosophale. Ah ! ah ! cela ne finit pas ; & vous voudriez Mademoiselle Lucinde, vous voir dans cette liste ? Eh ! croyez-moi ;

pourquoi ſont faites lès femmes ? pour plaire, pour aimer, pour être adorées, & en dépit de tous les Savans du monde, ſans leur ſecours, nous avons à nous deux ce qu'il faut pour remplir cette charmante deſtinée. Demandez, demandez à Madame votre mère, elle qui eſt maîtreſſe paſſée dans l'art de plaire & de ſe faire aimer.

ORPHISE, *en ſouriant un moment avec complaiſance, comme reconnoiſſante.*

Monſieur le Marquis a raiſon, ma fille ; je n'aime pas plus que lui toutes ces fantaiſies-là, que votre père vous paſſe, parce qu'il eſt trop bon, & qu'il ne connoît point du tout le monde. Vous laiſſez les choſes eſſentielles pour des miſeres. Vos goûts ? vous les négligez. Voyez ſi vous penſez à vos oiſeaux ; ſi vous careſſez ſeulement ce petit chien que vous aimiez tant ? votre toilette eſt ſi mal faite, que j'en ai honte. Votre ouvrage, là, votre ouvrage, c'eſt de l'eſſentiel cela, votre métier eſt écraſé ſous de vieux bouquins ſi mal-propres qu'on n'oſe pas même y toucher.

LUCINDE.

Mais..... mon père a la bonté.....

ORPHISE.

Ne me parlez point de votre père ; eſt-ce qu'il a du caractère ? Enfin, qu'eſt-ce qu'il faut dans le monde, Mademoiſelle ? être bien miſe, un peu de converſation, & du maintien. Voilà le principal.

LE MARQUIS.

Ah ! Madame, il faut bien avec cela quelques qualités.

ORPHISE.

Eh bien ! à la bonne heure. Quelques qualités, ſoit : un bon cœur dans l'occaſion ; mais point d'excès, Mademoiſelle, point d'excès, même dans les meilleures choſes ; entendez-vous ? Vous ne ſavez pas où cela peut mener.

LUCINDE, *qui n'écoute qu'à demi, & regarde de côté & d'autre.*

Ah ! Maman. Voilà la plante que Dorival me fit obſerver la dernière fois. (*Elle cueille quelques feuilles qu'elle met dans ſes tablettes.*) Je l'ai reconnue cette ſenſitive ſi délicate ; il verra que je n'oublie pas ce qu'il me dit..... (*Elle apperçoit en ce moment Dorival qui s'approche avec Pyrante. Elle adreſſe la parole à Dorival.*) Monſieur, Monſieur Dorival, la voilà, la voilà, & je vous attendois avec impatience pour vous faire voir combien je profite de vos leçons.

SCENE X.

LES ACTEURS PRÉCÉDENS, PYRANTE, DORIVAL.

(Dorival ſalue reſpectueuſement Orphiſe & s'approche de Lucinde, tandis que Pyrante, pour l'obliger, joint la mère & le Marquis.)

PYRANTE, *un rouleau de papier à la main, à Orphiſe & au Marquis.*

JE ſuis enchanté, Madame, de l'occaſion que me donnent mes amis abſens de vous faire les honneurs d'un lieu qu'il me ſemble que vous diſtinguez, & d'y voir M. le Marquis dont tout le monde connoît & vante lé goût naturel.

LE MARQUIS.

Oh! très-naturel, Monſieur, très-naturel : auſſi je n'ai jamais voulu le gâter par ces prétendues connoiſſances qu'on cherche à ſe donner. C'eſt une mode & moi j'en établis, mais je ne les ſuis point.

J'ai du tact, Monsieur, voilà tout; mais avec du tact, on juge de tout, on est bon à tout, on gouverneroit l'État: sans tact, on ne sent rien, on ne juge rien, on n'est bon à rien.

PYRANTE *fait ensorte d'éloigner Orphise & le Marquis de Lucinde & de Dorival, qui feignent de s'occuper à examiner des plantes & des fleurs.*

Je suis si convaincu, M. le Marquis, de ce tact que tout le monde vous accorde & de la justesse du goût de Madame, que je vous prie l'un & l'autre de vouloir bien donner un coup-d'œil au dessin d'une voliere qu'on doit faire ici, & sur laquelle il faudroit un jugement décisif.

LE MARQUIS.

Très-volontiers. Un coup-d'œil, & je vous dirai en deux mots ce que je pense. (*Il paroît méditer.*) Une volière, dites-vous..... Eh bien!.... de l'élégance, des formes...... S'il n'y a pas de formes, déjà, vous sentez qu'il ne peut y avoir d'élégance, & sans élégance, qu'est-ce que c'est que des formes? on veut du simple, du simple! Eh bien! Messieurs les habiles, avec du simple, qu'est-ce que vous produisez? du lourd & du plat. Avec des formes & de l'élégance, en volières, en bosquets, en bijoux, en meubles, en morale, Monsieur, en morale, il y a toujours de la ressource. Trouve-t-on du trop? eh bien! on en ôte. Mais quand il n'y a rien, que voulez-vous faire? (*Il ricanne.*) Oh! pour moi, je vous le dis, je ne suis point du tout du parti des simples.

ORPHISE *paroissant avoir quelqu'inquiétude sur sa fille, dont Pyrante l'éloigne en la conduisant vers le fond de la scène.*

Faut-il aller loin, M. Pyrante. Où doit-on faire cette volière. J'appellerois ma fille..... Mademoiselle.

PYRANTE *s'arrêtant proche d'un banc sur lequel il déploie son dessin.*

Eh! non, Madame, vous n'irai pas plus loin: vous y voilà. D'ici vous voyez la place, & ce banc va nous servir de table pour poser le dessin & l'examiner.

LE MARQUIS.

A merveille, à merveille. Voyons cela.

DORIVAL, *tandis que les Acteurs précédens s'occupent de la volière, parle à Lucinde, sur le devant de la scène, de ce qui l'intéresse.*

Oui, belle Lucinde, si vous saviez ce que j'ai

ſouffert en craignant qu'on ne me prive du bonheur de vous voir ici ! ſi vous connoiſſiez ce que je ſouffre encore par le peu d'eſpoir que les circonſtances permettent à mon amour.....

LUCINDE.

Eh bien ! toujours la même choſe. Mais, Dorival, ſouvenez-vous donc que c'eſt la ſuite des nouvelles découvertes ſur les plantes & ſur les fleurs, que vous devez me dire & que vous m'avez bien promis l'autre jour que dans ma première leçon, au moins, vous ne me parleriez point d'amour.

DORIVAL.

Ah ! charmante Lucinde ! quand je ne vous parlerois même, s'il m'étoit poſſible, que des plantes & des fleurs, pourrois-je ne pas vous parler de ce qui anime toute la nature, de ce qui eſt la baſe du ſyſtème de l'Univers, de ce qui fait vivre tout ce qui exiſte.... & qui me fera mourir ?

LUCINDE.

Mais votre promeſſe.....

DORIVAL.

Et ma promeſſe, Lucinde, & vos ordres ſi puiſſans, peuvent-ils empêcher que l'Amour ne ſoit le moyen univerſel qui ſoutient, qui anime, qui vivifie tout ce qui reſpire... tout.....

LUCINDE.

Cela peut être, Dorival; mais ce n'eſt que les fleurs dont il doit être queſtion en ce moment.

DORIVAL.

Eh bien! ces fleurs, Mademoiſelle; oui, ces fleurs, divine Lucinde, en éprouvent les mouvemens, en pratiquent les myſtères; elles ne ſubſiſtent que par un penchant qui les dirige les unes vers les autres: elles ſe déſirent, ſe cherchent, s'approchent, s'épanouiſſent, s'épanchent & meurent heureuſes. Le Soleil verſe ſur elles cette ame, cet amour à qui elles doivent l'éclat qui les embellit; elles lui doivent ces développemens qui les font renaitre. Lorſque ce feu leur manque par l'abſence de l'Aſtre du jour, l'aſſoupiſſement qu'elles éprouvent, c'eſt le regret d'être privés du bien qu'elles goûtoient. Oui, Lucinde, ce ſont les peines de l'abſence. Eh bien! vous allez m'accuſer encore de ne parler que de ce que j'éprouve, de ce que je ſens.....

LUCINDE.

Vous en convenez.... & je le devrois.

DORIVAL.

Oui, je l'avoue. Rien de ce que je vois dans l'Univers ne touche mes ſens & mon ame ſans ſe rapporter à Lucinde. Ce qui m'offre quelque perfection, c'eſt Lucinde ; ce qui peint des affections, des deſirs, c'eſt l'image d'un cœur où Lucinde fait naître tous les ſentimens & tous les deſirs. S'éloigne-t-elle ? il languit, il ſe fane, il ſe ferme à toute eſpèce de bonheur. Il périra, comme une plante que frappe un ſouffle funeſte, & qui eſt privée de l'Aſtre qui la faiſoit vivre.

LUCINDE.

Ah ! c'en eſt trop, Dorival, ceſſez..... vous me faites éprouver, malgré mes réſolutions, l'impreſſion de vos peines. Elles s'emparent de mon ame & prennent la place des miennes. Mais que pouvons-nous contre des obſtacles inſurmontables? Ma mère, je vous l'ai dit, eſt prévenue en faveur du Marquis ; mon père, cet homme reſpectable, la bonté même, n'a de volonté que dans des occaſions preſſantes qui donnent à ſon ame tout le reſſort dont elle eſt ſuſceptible. Alors, tout entier à la juſtice, à la bienfaiſance, la vertu & la ſenſibilité ſeules le dirigent & l'animent ; mais quel ſecours attendre de ces vertus, qui ont beſoin, befoin, pour fe montrer, de circonftances qui ne dépendent ni de lui, ni de nous?

DORIVAL.

Mon père, aimable Lucinde, a les mêmes fentimens, a les mêmes vertus avec plus d'activité. Il m'aime, il ne défire que mon bonheur. Je lui ai écrit déjà plufieurs fois, comme à mon ami, (car il a defiré de l'être;) je lui ai confié, (vous me l'avez permis,) tous mes fentimens, & il eft digne de cette confidence. Il arrivera inceffamment, peut-être aujourd'hui. Il eft vrai qu'il n'a pas de titres : c'eft un Négociant vertueux ; il fera tout pour obtenir l'aveu de vos parens..... Hélas! fi nous ne pouvons leur offrir un nom qui foit infcrit dans les faftes de la Nobleffe, ne feroient-ils donc aucun cas du droit d'avoir place dans les faftes de la vertu?

LE MARQUIS *parlant affez haut pour être entendu, & pour interrompre Lucinde & Dorival.*

Eh! des contours, M. Pyrante, des contours, des rinceaux, des rofettes, des fleurons. Ornez, Monfieur, ornez. De la dorure, du brillant. Il faut attirer les yeux. Fixez les regards, Monfieur, & le refte viendra tout feul.

PYRANTE.

Mais, M. le Marquis, cet éclat ſera incommode quand il s'agira de regarder au travers des treillages. D'ailleurs, cette dorure ſe noircit à l'air, & tout cela coûtera fort cher ſans utilité. Oſerai-je même vous obſerver ?....

LE MARQUIS *diſtrait & contrarié par les objections.*

Ah ! vous obſervez, vous diſſertez, Monſieur ; eh ! qu'eſt-ce que tout cela me fait à moi ? Vous m'avez demandé mon goût. J'ai répondu, j'ai dit. Vous ferez tout ce que vous voudrez. Cela ne m'arrive-t-il pas tous les jours ? On me conſulte ; je dis ce qui eſt, ce qu'il faut ; on fait à ſa tête : auſſi tout va comme vous voyez..... Promenons-nous, Madame, & appellez cette aimable enfant qui s'appeſantit là-bas, & qui s'encanaille avec la ſcience. N'a-t-on pas dit qu'on alloit faire une pèche vers le moulin ?

PYRANTE.

Oui, Monſieur, je vois déjà Nicolas, le Meûnier, les Pècheurs. Tout le monde ſe rend du côté de la rivière.

LE MARQUIS.

Allons-y, Meſdames ; faiſons une fois comme

tout le monde. Et vous, Monſieur, ne nous conduiſez-vous pas ?

PYRANTE.

Excuſez. Voici quelqu'un qui vient vers moi ; mais je vous rejoindrai.

(Orphiſe, Lucinde, le Marquis & Dorival s'éloignent, & prennent la route qui conduit à la rivière.)

SCENE XI.

PYRANTE, PRASITÈLE.

PYRANTE.

AH ! c'eſt vous, mon cher Praſitèle : vous ne peignez donc pas aujourd'hui. Que j'ai de plaiſir à vous voir ! c'eſt une ſatisfaction dont les Gens du monde n'ont pas d'idée que celle qu'éprouvent ceux qui s'occupent des Arts, lorſqu'ils ſe rencontrent dans la Société ! ce ſont des hommes d'un même pays qui ſe trouvent dans une terre étrangère, & qui parlent la même langue.

PRASITÈLE.

Ah ! que vous dites bien, mon cher Monſieur Pyrante ; nous peignons tous deux la Nature &

les mœurs ; vous, par des tableaux parlans ; moi, dans des Comédies muettes.

PYRANTE.

Oui ; nous nous occupons de ce qui plaît, de ce qui touche, de ce qui peut avoir quelqu'utilité, de l'agrément, de l'intérêt.....

PRASITÈLE.

Ah ! Monsieur, sans l'intérêt, sans la grace, sans la moralité, que sont les tableaux ? que sont les Comédies ? que sont les Arts, les talens ? des métiers, des professions mercantiles..... mais il faut des délassemens ; & je suis venu ici jouir de la belle nature..... Ah ! qu'elle est belle, cette nature ! On m'a dit que vous habitiez cette jolie retraite, & qu'il s'y rendoit depuis quelques jours un concours de monde extraordinaire. Ce doit être une école pour un Peintre & pour un Auteur ; & avec cela ce beau pittoresque qu'on trouve dans ce lieu où la Nature n'a pas perdu ses droits. Voilà ce qui est heureux pour vous. Vous y trouvez sans doute des scènes ; moi, j'y trouverai des effets, des accidens, & toujours la Nature. Monsieur Pyrante, avouez qu'il ne faut que des yeux & un cœur. Avec cela, on est Peintre, Poëte..... on est tout..... Dites-moi ; avez-vous fait aujourd'hui quelque jolie découverte, quelque étude ?

PYRANTE.

Justement. Il y a ici deux jeunes personnes, deux modèles charmans.

PRASITÈLE *vivement.*

Et où sont-ils ? vîte, mes crayons, mon porte-feuille ; une jeune fille, sans doute ? jolie ..... amoureuse, honnête sur-tout : car les graces, Monsieur Pyrante, tiennent à cette pudeur, à cette réserve, à cette honnêteté, si rare aujourd'hui : n'est-il pas vrai ? Il faut cependant aussi que tout cela soit un peu chiffonné, comme les draperies que nous disposons. Il faut par exemple de l'action ; sur-tout, il faut ce qu'on appelle des accidens ; que l'honnêteté soit attaquée & défendue ; que les sens soient troublés, mais retenus. Vous concevez ; c'est alors que le sang colore la peau, que le regard s'anime, que l'expression a ce mouvement mystérieux qui la rend si intéressante. Les yeux humides, brillans ...... Mais où est-elle ?

PYRANTE.

A l'instant, elle étoit ici ; mais nous la trouverons dans le lieu où l'on va faire la pêche, là-bas ſous ces beaux ſaules. Allons ; car il m'eſt eſſentiel de la ſuivre.

PRASITÈLE.

A moi de la connoître. De jeunes amoureux ! une pêche ! de vieux ſaules ! des bateaux ! que d'objets pittoreſques ! ſans compter les accidens, n'eſt-il pas vrai M. Pyrante ?

PYRANTE.

Preſſons nous , car je vois des importuns qui, nous fourniroient peut-être de bons ridicules ; mais l'interêt doit l'emporter. Courons à l'intérêt , M. Praſitèle , ſans cela point de Comedie.

PRASITÈLE.

Sans cela point de tableaux.

PYRANTE.

Si nous nous ſéparons, le rendez-vous eſt ici, pour nous communiquer nos richeſſes.

Fin du premier Acte.

ACTE II.

SCENE PREMIERE.

DUMONT, M. COMPASSÉ.

DUMONT *suivant & observant M. Compasse, qui ne le voit pas. Celui-ci est occupé à mesurer, avec un pied & sa canne, la largeur de quelques allées qui forment une étoile.*

BON; en voici un qui me paroît partisan de l'exactitude & de la symmétrie. Il ne trouvera pas ici son compte. Où êtes vous, M. Pyrante?... je vais observer, écouter, & vous en ferez votre profit si vous voulez.

M. COMPASSÉ.

Oh! je le savois bien : j'ai le coup-d'œil juste. Ces allées ne sont point égales, elles ne forment pas les mêmes angles : leur largeur differe de cinq, ou même six pouces & trois bonnes lignes.

DUMONT.

Voilà un homme qui certainement doit être difficile à servir. Je parie qu'il faut être à la seconde avec lui.

M. Compassé.

Je ne connois pas abſolument les Arts ; mais ſi la beauté conſiſte dans les proportions, plus les proportions ſont ſtrictes, plus la beauté doit être parfaite ; & qui dit ſtrictes, ou exactes, dit géométriquement exactes. Ainſi ils ont beau dire ; ſans compas, ſans régles, ſans calculs, il n'y a pas de véritable beauté dans les Arts. Depuis peu, ces faiſeurs de jardins cherchent à ſe ſauver par les broſſailles ; ils ont inventé je ne ſai quelles courbes, qu'ils nomment des tortueuſes ; mais j'examinerai ces courbes-là, je les calculerai..... ils ne m'attraperont pas.

SCENE II.

DUMONT, M. COMPASSÉ, M. APATHE *marchant très-gravement.*

Dumont, *ſans ſe montrer.*

En voici un autre. Ah ! je connois celui-ci : ils feront bien enſemble. C'eſt M. Apathe, Philoſophe depuis la tête juſqu'aux pieds ; car il marche avec autant de gravité qu'il raiſonne. Il a autant d'averſion pour l'engouement, que nos jeunes femmes ont d'attrait pour l'enthousiasme. Aussi comme il se porte ! voilà de la bonne Philosophie celle-là, de la Philosophie qui rapporte quelque chose..... Écoutons : il va parler.

M. APATHE.

Quoi ! c'est vous, mon cher Compassé. Cherchez-vous à résoudre le problême de cet engouement qui amène ici tant de monde ?

M. COMPASSÉ.

J'y suis venu en rêvant à des choses plus essentielles ; mais, ne sachant trop qu'y faire, je me suis mis à examiner, à mesurer, & croiriez-vous bien que rien ici n'est exact dans les dimensions ? Il semble que tout soit fait exprès pour n'avoir aucun juste rapport, aucune symmétrie. En vérité, ces gens qui s'occupent d'Arts sont bien imaginaires.

M. APATHE.

Dites bien fols, M. Compassé, & vous ne risquez rien d'avancer cette proposition.

M. COMPASSÉ.

Mais je crois que je la démontrerois. Je me suis donné le plaisir de mesurer avec soin leur fameux Apollon, ce chef-d'œuvre dont ils parlent ſans ceſſe. Je voulois avoir le cœur net. (*Il dit ce qui ſuit comme confidemment & en riant.*) Eh bien ! .... Eh bien ! il a une jambe plus courte qne l'autre & on s'extaſie !

M. APATHE.

Et voilà juſtement pourquoi je ne m'extaſie jamais. Je ſuis Géomètre moral, M. Compaſſé. Je ne vois de meſure juſte à rien; mais j'en fais mettre à tout. On ne parle que d'imagination, d'invention ; mais qu'eſt-ce que tout cela ? Au fait, a-t-on imaginé réellement, inventé exactement quelque choſe ?

M. COMPASSÉ.

Ah ! tout beau, M. Apathe. Nous avons des méthodes très-bien inventées, vraiment; des tables qui ſont parfaitement imaginées.

M. APATHE.

Eh ! je parle des inventions des Poëtes, des Peintres, des Muſiciens, Monſieur, de ces fols dont tant d'autres fols s'occupent & nous étourdiſſent. J'ai vu partout chez nos Anciens ce qu'il nous donnent pour nouveau, & puis (*en riant*) cet intérêt qu'ils prétendent que je prenne, moi, à ce qui n'eſt pas vrai. Eh ! mais, ſi cela l'étoit, encore faudroit-il voir. . . .

M. COMPASSÉ.

Ah ! vous avez raifon , M. Apathe , & puis enfin de vous à moi , qu'eft-ce que tout cela prouve ? que conclure de tout ce qu'ils difent ? (*Appercevant Dumont.*) Mais voici le Concierge. Interrogeons-le.

M. APATHE.

Eh bien ! Monfieur Dumont , pourriez - vous bien enfin nous dire ce qu'il y a de fi curieux ici ? J'ai parcouru ces jardins ; j'ai vu des arbres , comme par-tout.

M. COMPASSÉ.

Et fort mal alignés , plantés çà & là comme au hafard.

M. APATHE.

De l'eau qui coule tout comme elle veut.

M. COMPASSÉ.

Eh ! oui , fans qu'on la dirige ; fans qu'on ait eu feulement l'efprit de faire un beau canal bien droit , & revêtu comme il convient.

M. APATHE.

Des prés qui ne me paroiffent pas trop bons : des moutons qui me femblent maigres.

M. COMPASSÉ.

Et qui ne doivent pas être trop tendres, n'eſt-il pas vrai, M. Apathe.

DUMONT.

Eh bien! Meſſieurs, il n'y a rien autre choſe ici: vous avez raiſon, & ce ſont ces arbres venus, comme il plaît à Dieu, cette eau qui coule tout bonnement, comme elle veut, & ces prés, & ces moutons que quelques bonnes gens aiment à voir, parce que cela ne les ennuye pas, & leur fait plaiſir aux yeux; parce que c'eſt, diſent-ils, comme s'ils ſe promenoient dans de jolis tableaux de payſage. Il y en a que cela rend bien aiſes, parce qu'ils ſe croyent vraiment à la campagne, & qu'ils oublient qu'ils ſont dans un jardin. D'autres enfin, comme vous, n'y voyent rien, & par ma foi, je ne ſais bientôt plus qu'en penſer.

M. COMPASSÉ.

Mon cher Monſieur Dumont, dites-moi, vous ne ſavez pas la Trigonométrie, n'eſt-ce pas?

DUMONT.

Non, Monſieur.

M. COMPASSÉ.

Et comment voulez-vous réſoudre ce problême?

M. APATHE.

Vous voulez juger, & vous vous amusez à sentir. (*en riant.*) Adieu, adieu; mon pauvre Dumont. (*à M. Compassé.*) M. Compassé, calculons, mesurons; voilà le plus certain.

M. COMPASSÉ.

Point d'enthousiasme, M. Apathe, sur-tout, point d'enthousiasme.

M. APATHE.

Ah! laissez, laissez-moi faire. J'y mets bon ordre.

SCENE III.

DUMONT, *seul.*

PARDI; ces gens-là ne péchent point par l'exagération. Les mots *délicieux*, *charmant* ne sont pas dans leur Dictionnaire. Au reste, tout aussi fols que les autres; je les crois seulement plus difficiles à guérir, parce qu'ils le sont de sang rassis; & ne seroit-ce pas un grand malheur, si les hommes étoient parfaits? Il n'y auroit plus qu'à pleurer de leurs maux, & nous rions au moins de leurs travers. Mais voilà notre faiseur de

Comédie. Ah ! il en a bien ſa bonne part ; celui-là. Mais chut . . . . . c'eſt l'ami de nos Maîtres.

SCENE IV.

PYRANTE, DUMONT.

DUMONT.

VOUS venez un moment trop tard, Monſieur Pyrante. Il y avoit ici deux originaux qui vous auroient fourni une ſcène à tiroir.

PYRANTE.

Ah ! je n'en ai pas beſoin ; elles refroidiſſent preſque toujours. Avez-vous vu Praſitèle ?

DUMONT.

Non, pourquoi ?

PYRANTE.

C'eſt . . . . . c'eſt que je ſuis déſeſpéré.

DUMONT.

Et de quoi donc ?

PYRANTE.

Point d'action : point de dénouement. Mon

cher Monſieur Dumont, point de cataſtrophe! & c'eſt cela qui manque à ma piece, c'eſt cela dont j'ai beſoin.

DUMONT.

Eh quoi! toujours la Comédie en tête? eh bien! ce dénouement, cette cataſtrophe, cela eſt-il donc néceſſaire? on voit tant d'affaires qui n'en ont point, & j'entends dire qu'il y a tant de piéces où ils ſont de trop. Tenez; ce ſera une nouveauté que de vous en paſſer: & puis, ſuſpendez l'attente de vos Auditeurs; promettez-en un pour une autre fois, & puiſque vous ſuivez exactement la Nature, penſez donc qu'il y a des cataſtrophes qu'on attend dix ans, vingt ans, ſans qu'elles arrivent. Cataſtrophe d'intrigues, d'ambitions, de procès, de ſucceſſions qu'on deſire, de miniſtères qui ennuient; que ſais-je?

PYRANTE.

Et la régle des vingt-quatre heures, mon cher Dumont, la régle des vingt-quatre heures; & les unités de temps, de lieu.....

DUMONT.

Ah! bon Dieu! que je vous plains d'avoir impoſé toutes ces entraves à la repréſentation, tandis que la réalité s'en paſſe.... Mais tenez, tenez; voilà votre Peintre avec ſon portefeuille.

SCENE V.

PYRANTE, DUMONT, PRASITÈLE.

DUMONT.

Avez-vous fait une bonne récolte, M. Prasitèle ?

PYRANTE.

M. Prasitèle, ne s'est-il rien passé ?

PRASITÈLE.

Attendez, attendez ; excellente collection ! voyez des fonds superbes, des études d'arbres rabougris d'un pittoresque admirable, des caricatures à tourner la tête.

PYRANTE, *interrompant.*

Mais ce n'est pas cela.....

PRASITÈLE *sans l'écouter & montrant ses dessins l'un après l'autre.*

Tenez, tenez ; voilà tous ceux dont vous m'aviez parlé. Le gros essoufflé qui crève d'admiration : la petite Marquise qui en expire, & puis un Amateur qui a double lunette & ne voit pas plus

plus loin qui les porte..... & cet Aveugle qui ſe fait expliquer & qui loue ou critique ſur parole.

DUMONT.

Quel tréſor ! & ceci ? (*Il prend encore un deſſin, tandis que Pyrante s'impatiente ou rêve en ſe mordant les doigts.*)

PRASITÈLE.

Ah! ah ! c'eſt un jeune Enthouſiaſte voluptueux & une Belle délicate, romaneſque, qui s'extaſient à qui mieux mieux, en diſſertant à perte de vue ſur la puiſſance des idées acceſſoires. Un beau jour ! une belle Lune ! un beau ſilence ! une ſuperbe horreur ! tout, tout les affecte ; mais à l'excès. Il n'y a pas juſqu'à la Marchande de modes & le Bijoutier qui n'ajoutent à leur ſentiment, & le beau ſenſitif avouoit à ſa charmante viſionnaire, qu'il ne pouvoit lui cacher qu'une robe élégante, une étoffe nouvelle d'une couleur tendre, donnoient à ſon amour un intérêt, à ſon ame, une nuance de volupté inconcevables.

DUMONT.

Ah ! je crois bien, en effet, que ſi les titres, les parures, les étoffes, les lumières, les loges, les couleurs, les coëffures, le rouge, le blanc ;

que ſais-je ? reprenoient dans les Romans de nos amoureux de Cour & de Ville, ce qui leur appartient, il n'en reſteroit ſouvent guère. Auſſi la plupart, dit-on, ſont ſi ſots, quand tout cela n'y eſt plus !

PYRANTE *impatienté & faiſant un ſoupir.*

Eh ! ce n'eſt point tout cela dont il s'agit. Des ridicules : on en trouve plus qu'on ne veut. C'eſt de l'intérêt, c'eſt du véritable intérêt qu'il me faut, & l'on n'en trouve pas, quand on en a le plus beſoin. C'eſt un dénouement qu'il me faut ; & il ſemble qu'il me fuit d'autant plus que je le déſire.

PRASITÈLE.

Ah ! ah ! Monſieur l'Auteur, nous ſommes donc bien heureux, nous autres Peintres ; une ſcène eſt pour nous la pièce entière.

PYRANTE.

Au moins, dites-moi ce que font actuellement nos jeunes amoureux.

PRASITÈLE, *r'ouvrant avec vivacité ſon porte-feuille.*

Vraiment, vraiment, j'oubliois le meilleur. Je les tiens ; je n'avois garde de les manquer.

Tenez ; voilà Lucinde, avec cette taille de Nymphe, toute naturelle ; cette mine que l'art, la mode, le beau monde n'ont pas encore frelatée. Elle avance une jambe & un joli pied, que, malgré ſa modeſte ingénuité, elle n'eſt pas trop fâchée qu'on voie. Elle veut deſcendre dans un petit bateau. Voilà la mere qui, s'appuyant avec complaiſance ſur le Marquis, lui dit : » Où allez-» vous, Mademoiſelle ? qu'allez-vous faire ? Pour-» quoi vous éloigner ? « Et le Marquis en attitude & traînant ſes mots, d'un ton moitié niais, moitié ſeigneur, ajoute : » Mais ..... mais, en » effet, prenez donc garde, aimable fille : vous » ne connoiſſez pas le riſque de s'embarquer ; cela » va ſouvent plus loin qu'on ne veut. » (*On entend du bruit.*)

PYRANTE.

Qu'eſt-ce que j'entends ? (*le bruit augmente.*) Une querelle ! c'eſt Nicolas notre Meûnier, qui ſe fâche contre le Comte Damis ..... mettons, s'il ſe peut, les holà. Allons donc, Nicolas, contenez-vous ; qu'eſt-ce que vous a fait Monſieur le Comte ?

SCENE VI.

LE COMTE DAMIS, NICOLAS, ET LES ACTEURS PRÉCÉDENS.

NICOLAS.

PARDI. Voyez ce biau Seigneur qui demande en ricanant, si notre moulin n'est pas une apparence de moulin ; & pardi, c'est ly, sans doute, qui est du pays des apparences.

LE COMTE.

Et non, écoutez. Vous n'entendez pas ; c'est que dans les jardins anglois que nous faisons ici, nous mettons des objets postiches, voyez-vous.

NICOLAS.

Ah ! postiche. C'est bian pis ça, postiche vous-même : en voilà bian d'un autre. Vous verrez que je sons un Meûnier postiche. Voyez-moi queu peste de Comte. C'est vous, morgué, qui n'êtes peut-être qu'une apparence de Seigneur, un Comte postiche, & on en voit tant, dit-on, comme cela !

LE COMTE *à Pyrante.*

Mais, Monſieur, faites donc taire cet homme. Savez-vous qu'il me manque ?

NICOLAS.

Ah ! palſangué, ce n'eſt pas ma coutume ; qu'on nous mette tous deux à l'épreuve, on verra ſi je le manque, & qui eſt le poſtiche de nous deux. A quoi ça ſert-il, un Comte ? mais un Meûnier, morgué, ça fait de bonne farine, & vous ne nous donnez que du ſon, entendez-vous ? & notre moulin, pour que vous le ſachiais, eſt un moulin en corps & en ame ; on n'en dit peut-être pas autant de vous.

PRASITÈLE, *deſſinant dans un coin.*

Bonne ſcène ! excellente attitude ! contraſte piquant.

PYRANTE *écrivant ſur ſes tablettes ce qu'il vient d'entendre.*

Oh ! je placerai ces traits là dans une ſcène.

LE COMTE.

Eh ! mon ami, allons : la paix ; je te pardonne. Eh bien ! ton moulin ſera un vrai moulin, & Nicolas un vrai Meûnier ; tout eſt dit, je penſe.

NICOLAS.

Oh ! que non, que tout n'eſt pas dit. Venez, venez chez nous ; je vous baillerons votre reſte : on vous farinera d'importance, car je ſavons jetter de la poudre aux yeux, voyez-vous, & je ne ſommes pas un Comte. C'eſt Nicolas qu'on m'appelle, & nage, nage, morgué, & ne t'y fie pas.

PYRANTE.

Allons, Nicolas, de la douceur. (*au Comte Damis.*) & vous, Monſieur le Comte, ne prenez pas garde à ces gens de rivière, quand ils s'y mettent, c'eſt comme l'eau qu'il faut laiſſer couler.

LE COMTE.

A la bonne heure, je quitte la partie.

(*Il ſort, on entend alors un bruit plus éloigné, ce ſont des cris qui annoncent un accident.*)

DUMONT.

Qu'eſt-ce encore ? j'entends des cris.

PYRANTE.

Nicolas, courez vîte, c'eſt peut-être quelque malheur.

NICOLAS. (*Il écoute.*)

Voire, c'est du sérieux, ça, c'est près du moulin. J'y cours, venez, Monsieur Dumont. (*Dumont le suit.*)

SCENE VII.

PRASITÈLE, PYRANTE.

PYRANTE.

JE tremble, le courant est rapide : il y a dans ces jardins tant de curieux, qui sont aussi maladroits la plupart que desœuvrés! des gens inconsidérés, imprudens. Des bords de rivière.

(*On entend redoubler les cris, & plusieurs voix disent ensemble,* au secours! au secours!)

PYRANTE.

Monsieur Dumont.

DUMONT.

J'y cours, & dans l'instant vous saurez.....

PYRANTE.

Je vous accompagne. (*Dumont s'echappe, & Pyrante est arrêté par les Acteurs suivans.*

SCENE VIII.

LES ACTEURS PRÉCÉDENS, M. DORIVAL pere, LE PERE DE LUCINDE.

LE PERE DE LUCINDE *à Pyrante, qu'il arrête & qu'il retient.*

MONSIEUR, Monſieur, de grace; où pourrions-nous trouver ici une Dame qui s'appelle Orphiſe; elle eſt accompagnée de ſa fille.

DORIVAL pere.

Moi, Monſieur, je cherche un jeune homme, qui vient ſouvent dans ces jardins, & qu'on nomme Dorival.

PYRANTE *inquiet & voulant ſe débarraſſer.*

Ils étoient, les uns & les autres, il y a peu d'inſtans du côté de la riviere, & ſi vous voulez m'y ſuivre..... (*les voix redoublent.*)

PLUSIEURS VOIX.

Accourez, courez vîte, auprès du moulin.

LES DEUX VIEILLARDS.

Eſt-ce qu'il arriveroit quelque malheur?

PYRANTE.

Je le crains bien, Messieurs, & je.....

PRASITÈLE.

Je suis ému; mais il faut que je voye. (*il prend son porte-feuille.*) Il y aura de façon ou d'autre quelque chose pour moi; du mouvement, des expressions, allons, allons; courons.

(*il sort.*)

PYRANTE *aux deux Vieillards, qui veulent aller sur les pas de Prasitèle avec Pyrante.*

Messieurs, restez, & excusez de grace. Je vous rejoindrai bientôt ici. (*Le Marquis arrive fort troublé, s'appuie sur Pyrante, comme prêt à se trouver mal, & l'empêche ainsi de s'éloigner.*)

SCENE IX.

LE MARQUIS, PYRANTE, LES DEUX VIEILLARDS.

LE MARQUIS.

AH! je n'en puis plus. Je suis foible, mais foible à mourir. Soutenez-moi bien au moins, ou faites-moi asseoir, que je m'évanouisse.

PYRANTE.

Eh! mais, Monſieur, que vous eſt-il donc arrivé? quel eſt cet accident? dites-nous donc quelque choſe? Êtes-vous bleſſé?

LE MARQUIS.

Moi?... mais non, c'eſt Mademoiſelle Lucinde.

LE PERE DE LUCINDE.

Lucinde! ô Dieu! ma fille! ma chère fille! *(Il veut courir, ſes genoux fléchiſſent. Il tombe dans les bras de M. Dorival le pere, qui le ſoutient avec peine.)*

M. DORIVAL pere.

Ah! Monſieur, reprenez vos forces; je ne vous abandonnerai pas un moment, & nous irons enſemble.

LE MARQUIS *qui ne veut pas quitter Pyrante, mais qui d'une main a tiré de ſa poche un flacon.*

Je lui diſois, moi, à l'inſtant même, qu'il ne falloit jamais deſcendre dans un bateau.

PYRANTE.

Et vous vous êtes contenté de cela, & vous êtes ſans elle ici?

LE PERE DE LUCINDE, *reprenant un peu de force.*

Ah ! ma chère fille ! ma chère Lucinde ! & vous ne nous dites pas, Monsieur, où elle est, & vous êtes ici ?

LE MARQUIS.

Mais que pouvois-je faire ? j'ai une horreur de l'eau..... une antipathie épouvantable, invincible ; c'est ma bête d'aversion.

LE PERE DE LUCINDE.

Ah ! Monsieur, des antipathies, lorsqu'il faut secourir, lorsqu'il s'agit de sauver peut-être la vie..... & où est-elle ? dites donc. De grace, éclaircissez-nous ?

LE MARQUIS.

Mais je n'en sais rien, moi ; mettez-vous donc à ma place.

PYRANTE.

J'en mourrois de honte.

LE MARQUIS.

Vous voyez l'état où je suis.

LE PERE DE LUCINDE *à M. Dorival.*

Allons, Monſieur, quand je devrois périr....

(*Les deux Vieillards ſont prêts à ſortir. Orphiſe paroît ſoutenue par Dumont.*)

SCENE X.

ORPHISE, DUMONT, ET LES ACTEURS PRÉCÉDENS.

LE PERE DE LUCINDE.

AH! Madame. Ah! c'eſt vous; & Lucinde?...

DUMONT.

Donnez du ſecours à Madame, M. Pyrante: moi, je retourne; & qui ſait ce qu'eſt devenu le bateau! (*Il ſort en courant.*)

DORIVAL pere, *à Dumont.*

Et mon fils? Monſieur, mon fils? de grace, ſauvez le jeune Dorival.

DUMONT *s'arrêtant un ſeul inſtant.*

Le jeune Dorival? il s'eſt précipité pour la ſauver, ou périr avec elle. Il eſt dans le bateau.

(*En diſant ces mots, il reprend ſa courſe.*)

LE PERE DE LUCINDE *à l'autre Vieillard.*

Quelle affreuſe diſgrace !

DORIVAL pere.

O déſeſpoir ! Il court & je ne puis le ſuivre. Ah ! Monſieur, ne nous quittons plus : notre malheur eſt commun & le vôtre augmenteroit le mien, ſi je pouvois être plus infortuné. (*Ils retombent tous deux ſur un banc de gazon accablés & s'embraſſant.*)

PYRANTE *allant à eux & regardant hors de la ſcène, attiré par le bruit de pluſieurs perſonnes.*

On vient..... on vient en foule..... nous allons ſavoir tout.

LES DEUX VIEILLARDS *l'un à l'autre.*

Tout eſt perdu ſans doute. Monſieur, Monſieur, il faut mourir auſſi....

SCENE XI.

DORIVAL fils, *soutenant & portant, pour ainsi dire, Lucinde dans ses bras;* LUCINDE, TOUS LES ACTEURS PRÉCÉDENS, & M. PRASITÈLE, *qui revient en contemplant avec enthousiasme le tableau qu'offrent les deux jeunes Amans.*

DORIVAL fils. (*Il apperçoit son pere, ainsi que Lucinde, & tous deux se quittent pour aller chacun se précipiter aux pieds du sien.*)

AH ! mon père. Ah ! mon tendre père ! Ouvrez, ouvrez les yeux. De grace, daignez tendre les bras à votre fils & partager son bonheur.

LUCINDE.

Mon père, mon père, Lucinde vous est rendue. C'est à Dorival que je dois mon bonheur, le bonheur de vous embrasser encore, de voir couler, d'essuyer ces précieuses larmes.

M. DORIVAL pere.

Est-ce vous, mon fils. Ah ! c'est vous que j'embrasse !

LE PERE DE LUCINDE.

Lucinde ! quels momens je viens de paſſer !

SCENE XII ET DERNIÈRE.

NICOLAS, & TOUS LES ACTEURS PRÉCÉDENS.

NICOLAS, *montrant Dorival.*

AH ! pardi, c'eſt ce jeune homme-là qui n'eſt pas une apparence d'amoureux. Le bachot alloit, morgué, paſſer ſous la volée. Il a couru, s'eſt élancé, a retenu d'un bras farme la barque, l'a éloignée, repouſſée. C'étoit comme un Grenadier à la bréche. Je ne ſai comme il a fait : de cent, il n'en ſeroit pas échappé un.

LES VIEILLARDS *preſſant dans leurs bras leurs enfans, qui les entourent : chacun dit un des mots ſuivans preſque enſemble.*

O Dieu ! ô Dieu ! les voilà. Je la tiens, il reſpire.

PYRANTE.

Ah ! je reſpire auſſi, & pour comble de biens, une cataſtrophe, que de bonheur à la fois !

PRASITÈLE.

Eh! voyez, voyez donc, Monſieur Pyrante, ce tableau. Suis-je moins heureux que vous? Pathétique! expreſſion! jouiſſance de l'ame! attendriſſement! courage! Embraſſez-vous; embraſſez-vous. Courage, bon, je ne compoſerois pas mieux.

(*Il regarde le Marquis qui a l'air tout embarraſſé, & Nicolas qui ſe moque de lui.*)

Ah! ah! juſqu'à des oppoſitions, des contraſtes.

NICOLAS.

Eh bien! Monſieur le Marquis, vous êtes tout je ne ſais comment.

LUCINDE *ſe jette de nouveau aux genoux de ſon père avec Dorival, qu'elle a pris par la main.*

Le voilà, mon père, le voilà, celui à qui je dois, après vous, une vie qui vous eſt conſacrée: il vous a rendu votre fille.

LE JEUNE DORIVAL.

Monſieur, je n'ai rien fait qui mérite de récompenſe, je le ſçai; mais je perdrai la vie ſi je perds Lucinde.

LE

LE PERE DE LUCINDE.

Je vous ai prévenue, Lucinde, je ne fus jamais ingrat. Et si Monsieur Dorival..... (*Il s'adresse à Dorival père, & le jeune Dorival court à lui, tandis que Lucinde le regarde avec quelque inquiétude.*)

LUCINDE.

Ah! mon père..... (*à Dorival père.*) Monsieur.....

ORPHISE.

Et moi donc, & M. le Marquis?

NICOLAS.

Bâ! tous vos projets sont à vaugliau. Tenez; il n'y a que ly qui a fait naufrage. Allez, allez, Messieurs les Comtes & les Marquis, l'air de la rivière ne vaut rien pour vous; vous êtes tretous trop délicats de tempérament.

LE PERE DE LUCINDE.

Madame, y a-t-il à balancer? Le premier des devoirs est la reconnoissance, comme la première des vertus est la sensibilité.

LE MARQUIS, *s'en allant & ricanant.*

Voilà mon arrêt. J'entends. Parce qu'on a une

antipathie..... Adieu, Madame Orphise; on trouvera des gens qui passeront une bagatelle comme celle-là.

NICOLAS *entre ses dents, chante :*

Gardez-vous de la rivière;
I' n' fait pas bon-là.

M. DORIVAL pere, *au pere de Lucinde.*

Tout ce que j'ai, Monsieur, est pour mon fils; par conséquent pour Lucinde, & toute ma reconnoissance pour vous.

LUCINDE.

Ah! quel heureux malheur!

LE JEUNE DORIVAL *à Lucinde.*

O le plus beau moment de ma vie!

PYRANTE.

Et le plus beau moment de ma pièce! quel dénouement! & d'après nature encore!

PRASITÈLE.

Et moi donc, un tableau, comme je n'en ai jamais fait. Ah! ah! tenez-vous bien, Messieurs les Amateurs.

DUMONT, *à Prasitèle.*

Tenez; voilà de quoi le meubler encore, Monſieur l'Auteur, Monſieur l'Artiſte. Les garçons du moulin, les pêcheurs, les curieux qui ſe raſſemblent tous ici.

PRASITÈLE.

A merveille.

PYRANTE.

Surcroît de joie! voilà nos amis qui reviennent; les voilà! ils prendront part à tout ce qui eſt arrivé, ſans en avoir eu l'embarras ni l'inquiétude. C'eſt pour eux que ſera ma pièce.

PRASITÈLE.

Ils auront, ma foi, mon tableau.

PYRANTE *prend par la main les deux Amoureux, les pères ſuivent, & tous vont au devant des Maîtres de la maiſon.*

Préſentons-leur nos jolis amoureux, leurs tendres parens, & réuniſſons nos plaiſirs en une petite fête, inſpirée par la Nature, formée par le haſard. Le ſérieux, le comique; tout y ſera. Lorſque la ſatisfaction eſt pure & générale, il n'y a plus de rang ni d'âge, & le ridicule même a des graces. Le ſentiment embellit tout.

FIN.

www.ingramcontent.com/pod-product-compliance
Ingram Content Group UK Ltd.
Pitfield, Milton Keynes, MK11 3LW, UK
UKHW020408180726
13839UKWH00003B/1275

9 782329 263533